O livro da selva
Histórias de Mogli

Rudyard Kipling

adaptação de João Anzanello Carrascoza

ilustrações de Laurent Cardon

editora scipione

Traduzido e adaptado de *The jungle book*, de Rudyard Kipling. Londres: Penguin Books, 1994. (Penguin Popular Classics).

Gerente editorial
Sâmia Rios
Editor
Adilson Miguel
Editora assistente
Fabiana Mioto
Revisoras
Gislene de Oliveira, Tânia Oda e Erika Ramires
Editora de arte
Marisa Iniesta Martin
Diagramador
Rafael Vianna
Programação visual de capa, miolo e encarte
Aida Cassiano
Elaboração do encarte
Catarina Cerqueira Iavelberg

editora scipione

Avenida da Nações Unidas, 7221
Pinheiros
CEP 05425-902 – São Paulo – SP
Tel.: (0XX11) 4003-3061
www.coletivoleitor.com.br
e-mail: atendimento@aticascipione.com.br

2019
ISBN 978-85-262-7227-9
CL: 736386
CAE: 245140

1.ª EDIÇÃO
4.ª impressão
Impressão e acabamento
Meta Brasil

EDITORA AFILIADA

Dados Internacionais de Catalogação na Publicação (CIP)
(Câmara Brasileira do Livro, SP, Brasil)

Anzanello Carrascoza, João

O livro da selva: histórias de Mogli / Rudyard Kipling; adaptação de João Anzanello Carrascoza; ilustrações de Laurent Cardon. – São Paulo: Scipione, 2009. – (Série Reencontro infantil)

Título original: *The jungle book*.

1. Literatura infantojuvenil I. Kipling, Rudyard, 1865-1936. II. Cardon, Laurent. III. Título. IV. Série.

09-00501 CDD-028.5

Índices para catálogo sistemático:
1. Literatura infantil 028.5
2. Literatura infantojuvenil 028.5

Sumário

Perdido na selva

Eram sete horas da noite. Fazia muito calor nas montanhas de Seoni, região de selva da Índia central, quando o Pai Lobo despertou de sua soneca da tarde. A Mãe Loba brincava com os filhotes que uivavam para a lua a surgir à boca da caverna onde moravam.

– Hora de caçar! – disse o Pai Lobo.

E já ia saindo, quando deu com Tabaqui, o chacal, que viera trazer um recado:

– Shere Khan, o tigre, mudou seu território de caça. Disse que vem caçar aqui na próxima lua cheia.

– Ele não tem esse direito! – protestou o Pai Lobo. – Pela Lei da Selva, ninguém pode mudar de território sem avisar bem antes. Vai assustar a nossa caça.

– Não é à toa que o apelido de Shere Khan é Manco – disse a Mãe Loba. – Um tigre assim só pode mesmo caçar gado nas aldeias. Vai irritar os homens e logo eles vão pôr fogo na mata para acuá-lo.

– Já dei o recado – disse o chacal. – Mas nem precisava...

Um rosnado ecoou lá embaixo nas moitas. Era um lamento do tigre que errara o bote.

– Idiota! – exclamou o Pai Lobo. – Ele está espantando a caça com esse barulho! Pensa que os veados daqui são como os bois gordos e lentos do rio Waingunga?

– Psiu! – disse a Mãe Loba. – Não é veado nem boi o que ele está caçando hoje. É homem! Ouça...

O som se transformara num ronronar estranho, não dava para saber de onde vinha. Assim Shere Khan desorientava os lenhadores que, em fuga, às vezes, vinham dar justamente em sua boca.

– Mais essa! – resmungou o Pai Lobo.

A Lei da Selva proíbe os animais de comerem homem, a mais fraca e indefesa das criaturas. Atacá-lo é uma covardia. E sempre resulta em problemas para toda a floresta. Cedo ou tarde, aparecem outros homens sobre elefantes, com tochas e armas de fogo.

De repente, o ronronar de Shere Khan engrossou e ele deu o bote:

– Aaarh!

Depois veio outro lamento. Ele perdera a presa de novo. E se meteu pelas moitas, rosnando ferozmente.

– Alguém vem subindo – disse a Mãe Loba, de orelha em pé.

Ao ver o que saía do meio da folhagem, o Pai Lobo exclamou:

– Homem! Um filhote de homem!

Um bebê, moreno e nu, que mal sabia andar, estava ali, à entrada da caverna. Olhou para o Pai Lobo e sorriu.

– Nunca vi um filhote de homem – disse a Mãe Loba.

O Pai Lobo o pegou com os dentes e o colocou, sem um arranhão, no meio dos lobinhos.

– Como é pequeno! E corajoso! – disse ternamente a Mãe Loba, vendo-o se aninhar em seu ventre. – Eu podia matá-lo com uma patada, mas ele me encara sem medo. Veja só, está mamando!

Então, a lua à boca da caverna desapareceu. Shere Khan enfiara a sua cabeça ali, mas a estreita abertura o impedia de entrar.

– Minha presa está aí – disse o tigre, furioso. – É um filhote de homem. Me entreguem!

– Somos o Povo Livre – disse o Pai Lobo. – Só recebemos ordens do Chefe dos Lobos, não de gato com listras que só mata bois. O filhote é nosso!

Shere Khan rugiu como um trovão.

– Fora! – bradou a Mãe Loba, que defendia seu novo filhote. – Ele é meu agora! Ninguém vai matá-lo. Ele vai aprender a caçar com a gente, e, um dia, ainda vai acabar com você!

O tigre recuou e foi embora, bramindo:

– Cada um manda no seu pedaço! Mas vamos ver o que dirá a alcateia sobre um homem viver entre lobos. Ele será meu!

Shere Khan tinha razão. A Lei da Selva dita que todo lobinho, logo que aprende a correr, deve ser apresentado ao Conselho dos Lobos.

– Vamos ficar mesmo com ele? – perguntou o Pai Lobo.

– É claro – respondeu a Mãe Loba. – Parece um sapinho pelado. Vai se chamar Mogli – que, naquela região, significava sapo.

O Conselho dos Lobos

A lua cheia iluminava a Rocha do Conselho no meio das montanhas de Seoni, onde os lobos se reuniam. Akela, o velho líder da alcateia, estava sobre a pedra. Abaixo dele, dezenas de lobos: jovens e adultos, negros e cinzentos, de todos os tamanhos.

O Pai Lobo apresentou seus filhotes à comunidade e, junto com eles, Mogli.

Ouviu-se, então, um rugido. Shere Khan surgia de trás da rocha.

– Esse filhote é meu. O que o Povo Livre tem a ver com um filhote de homem? Me entreguem!

– O Povo Livre só aceita as suas próprias ordens! – disse Akela.

Um burburinho se insinuou na alcateia. Um lobo repetiu a pergunta do tigre:

– O que o Povo Livre tem a ver com um filhote de homem?

Quando existe dúvida para se aceitar um filhote, a Lei da Selva ordena que dois membros do Povo Livre, que não sejam seus pais, o defendam.

– Quem fala por esse filhote? – perguntou Akela.

Ninguém se manifestou.

Então, Balu, o urso dorminhoco, único estranho admitido no Conselho, pois ensinava aos filhotes a Lei da Selva, disse:

– Eu falo pelo filhote de homem. Ensinarei tudo a ele.

– Alguém mais? – perguntou Akela.

Uma sombra imensa apareceu. Era Baguera, a pantera-negra. Seu pelo preto como a escuridão, seu tamanho e sua astúcia amedrontavam a todos, mas a sua voz era doce.

– Sei que não posso participar do Conselho – ronronou. – Mas a Lei da Selva diz que a vida do filhote pode ser comprada. E a Lei não diz por quem, não é?

Os lobos confirmaram.

– Matar um filhote de homem é uma vergonha – continuou Baguera. – Eu dou um touro selvagem, que acabei de matar, por ele. Minha oferta está dentro da Lei, aceitam?

Houve um clamor na alcateia. Os lobos se aproximaram para conhecer Mogli, que brincava, distraído, com umas pedrinhas. Que mal aquela frágil criatura poderia lhes causar? Certamente, ia morrer com as chuvas de inverno ou torrar ao sol do verão.

Resolveram, assim, admitir o sapinho nu. E depois foram se dispersando. Permaneceram na Rocha do Conselho apenas Akela, Balu, Baguera e Mogli com sua família. Shere Khan rugia com raiva a distância.

– Pode rugir – disse Baguera. – Você vai ver só quando esse filhote de homem crescer!

Lições de Balu

Daí em diante, dá para imaginar a vida fantástica que Mogli teve entre os lobos. Todas as histórias que ele viveu não caberiam aqui, dariam muitos livros da selva. Mas algumas você vai conhecer agora.

Mogli cresceu com os lobinhos. O Pai Lobo ensinou-lhe a caçar e a compreender a linguagem da floresta, o sentido de cada estalo na grama, cada sopro do vento, cada pio de coruja.

Quando não estava aprendendo, Mogli dormia ao sol, comia, dormia outra vez. Tomava banho nos riachos. Trepava nas árvores para pegar mel, como um bicho-preguiça, até que aprendeu a saltar de um galho a outro, agilmente, como um macaco. Gostava de andar com Baguera até o coração da floresta nos dias de sol e de vê-la caçar à noite, quando tinha fome.

– Você pode caçar o que quiser, menos gado – dizia-lhe Baguera. – Sua vida foi salva pela vida de um touro.

Às vezes, Mogli descia até as terras cultivadas e, de longe, observava os moradores das aldeias. Passou a desconfiar dos homens depois que Baguera lhe mostrara as armadilhas construídas por eles.

Balu ia lhe ensinando a Lei da Selva. O urso o adorava, porque Mogli era um aluno esperto. Rapidamente aprendeu a distinguir um ramo podre de um saudável, a avisar as cobras-d'água antes de mergulhar no lago entre elas. Escalava árvores tão bem quanto nadava, e nadava quase tão bem quanto corria. Sabia dar o Grito de Caça do Estranho, quando procurava presa fora de seu território, e repeti-lo até receber permissão dos animais para caçar ali.

Mestre Balu também lhe ensinava a Senha dos Povos. De vez em quando lhe aplicava um teste.

– Qual a senha do Povo-Urso?

– “Somos um só sangue, você e eu!” – respondia Mogli, com o sotaque próprio dos ursos.

– Agora, a das Aves?

O menino repetia a frase, dando um guincho de gavião ao final.

– E a senha das Serpentes?

A resposta era um perfeito sibilo de cobra.

E se Baguera estava por perto, Mogli saltava sobre o lombo dela, batucando em suas costelas com os pés, alegre por se sair bem na prova.

A pantera, assim como Balu, só não gostava que o garoto se aproximasse dos Bandar-log, o Povo-Macaco.

– Eles não têm lei!

– Os macacos me dão nozes e me levam lá no alto das árvores. Andam sobre dois pés, como eu. Brincam o dia todo. E me prometeram que um dia eu serei seu líder!

– São mentirosos – alertava Baguera, com um olhar duro.

– Eles não têm e nunca terão líder – completava o urso. – Não pensam em conjunto. Só querem aparecer. Proíbo você de sair por aí com o Povo-Macaco, entendeu?

O rapto

Os macacos viviam no alto dos arvoredos, indiferentes aos povos que seguiam a Lei da Selva. Gostaram quando Mogli foi brincar com eles. O garoto sabia trançar ramos para se proteger do vento, o que lhes podia ser útil.

Certa tarde, Mogli dormia entre a pantera e o urso, quando sentiu seu corpo ser erguido por dezenas de mãozinhas ásperas. Abriu os olhos. Os Bandar-log o suspendiam. Um tufo de folhas passou pelo seu rosto e, do alto de uma árvore, para onde fora içado, viu Balu, lá embaixo, urrando. Baguera arreganhava os dentes e subia pelos galhos, mas não conseguia alcançar os macacos, que guinchavam, triunfantes.

Então iniciaram uma fuga espetacular pelas copas das árvores. O Povo-Macaco tem suas próprias estradas nas alturas, de dez até trinta metros do solo, e as percorre velozmente, mesmo à noite. Dois

dos mais fortes carregavam Mogli, saltando como malabaristas de um cipó a outro. Trepavam até os galhos mais finos, vergando-os com seu peso, e jogavam-se no vazio, agarrando-se a outros, da árvore mais próxima. Quando desciam, aos solavancos, o garoto via o chão. Ao voltar ao topo, avistava quilômetros de mata verde adiante.

Os macacos avançavam rapidamente, Balu e Baguera iam ficando para trás, sem chance de alcançá-los. Era preciso mandar um recado a eles. Por sorte, Chil, o gavião, voava ali perto, notou aquela movimentação e se aproximou. Mogli emitiu a senha das Aves:

– "Somos um só sangue, você e eu!" Marque minha trilha. E avise o urso e a pantera-negra.

– Mas quem é você? – perguntou o gavião.

– Mogli, o filhote de homem, como me conhecem – respondeu antes de sumir no cimo das árvores com os macacos.

Enquanto isso, Balu e Baguera se enfiavam na floresta fechada e tentavam, sem sucesso, seguir os Bandar-log.

– Assim não vai dar – disse a pantera. – Melhor pensarmos num plano.

– Pelo menos Mogli sabe as Senhas dos Povos – comentou o urso. – E poderá pedir socorro.

– Não temo por ele – disse Baguera. – Mas pelos Bandar-log, que não temem ninguém lá em cima.

– Espere aí! – exclamou Balu. – Lembrei-me do que Hathi, o elefante, sempre diz: "Cada um com o seu medo". Os macacos têm pavor de Kaa, a serpente. Só ela chega ao alto das árvores onde moram e rouba seus filhotes.

– Vamos procurá-la!

A caçada de Kaa

Kaa estirava-se ao sol, numa pedra, admirando a sua nova e esplêndida roupa. Saíra finalmente da toca, depois de trocar de pele. Enorme, seu corpo enrolava-se em nós e curvas retorcidas. Lambia os beiços, faminta.

– Ela ainda não comeu – sussurrou Balu. – Fica meio cega depois da troca de pele e nem assim perde o bote. Cuidado!

Embora não fosse uma serpente venenosa, ninguém resistia à força de seu abraço.

– Boa caçada! – gritou o urso.

Um pouco surda, ela já estava pronta para atacar, quando percebeu quem era.

– Ah, é você! Boa caçada, Balu! Boa caçada, Baguera! Estou morrendo de fome. Alguma caça por perto?

– Estamos procurando – respondeu o urso, sem se precipitar.

– Posso ir junto? Um golpe a mais para vocês não faz diferença. Eu tenho de ficar dias à espreita ou passar a noite escalando árvores para pegar um macaquinho. Aliás, na minha última caçada, escorreguei num galho e quase caí. Acabei acordando os Bandar-log que fugiram me xingando.

– Minhoca amarela sem pés... – disse a pantera, que sabia como o Povo-Macaco zombava das cobras.

– Ssss! – chiou Kaa. – Eles me chamaram disso?

– Foi o que ouvi na lua passada – respondeu Baguera. – E mais: disseram que você é uma serpente sem dentes e só ataca filhotes.

Kaa se irritou, os músculos de seu pescoço saltavam. Era essa a intenção de Baguera e Balu: provocá-la para que os ajudasse a salvar o garoto.

– Os Bandar-log se mudaram para aqui perto – continuou a pantera.

– Por isso viemos – completou o urso. – Estamos atrás deles.

– O que aconteceu? – perguntou Kaa.

– Raptaram Mogli, nosso amigo. Você deve saber quem é.

– Sim! Ouvi falar do filhote de homem que vive na alcateia de Seoni.

– É esperto e corajoso – disse Balu. – E nós o adoramos!

– Kaa, você é a nossa única chance! – emendou a pantera. – Os macacos só têm medo de você!

– É bom mesmo! Vou mostrar-lhes quem sou. Para que lado foram?

– Não sabemos!

Aí notaram que Chil, o gavião, descia do céu a toda velocidade.

– Vi Mogli com os Bandar-log – disse ele. – Pediu que eu marcasse sua trilha e avisasse vocês. Os macacos o levaram para o Refúgio Frio, do outro lado do Waingunga.

Os três seguiram imediatamente para lá, onde havia uma cidade antiga e abandonada no meio da mata.

Mogli nunca tinha visto uma cidade antes. Muito menos como aquela, erguida por um antigo rei. Tudo ali fora tomado pelo mato. Árvores cresciam dentro das construções em ruínas. Trepadeiras engoliam os muros e subiam pelas janelas das casas. O palácio real avultava em meio às moitas de ervas. Seu teto desabara. Raízes e arbustos haviam levantado seu piso. Os Bandar-log a chamavam de sua cidade e, por isso, julgavam-se superiores aos demais povos da floresta. Sentavam-se em círculo na sala do trono, catavam suas pulgas, fingindo ser homens. Corriam freneticamente de lá para cá, divertiam-se, balançavam as laranjeiras só para ver os frutos caírem. Depois, em bando, saíam gritando, do alto das árvores, que eram os animais mais belos e inteligentes da mata.

Já era noite quando os macacos chegaram ao Refúgio Frio. Em vez de dormirem, puseram-se a cantar umas canções estúpidas e a bater palmas, até que um deles discursou, dizendo que aquele dia ia ficar na história dos Bandar-log, porque Mogli os ensinaria a entrelaçar ramos para se protegerem da chuva e do frio. O menino apanhou uns gravetos e foi mostrando como se trançava. Eles tentaram imitá-lo, mas, como não conseguiam, perderam o interesse e começaram a puxar um o rabo do outro.

– Estou com fome – disse Mogli. – Tragam-me comida ou me deixem caçar.

Alguns macacos foram buscar nozes e mamões silvestres, mas brigaram no caminho e estragaram as frutas colhidas. Cada vez mais faminto, Mogli sentia-se um tolo: deixara-se enganar por aquele povo sem lei e sem líder.

Tentou fugir, mas os Bandar-log o capturaram quando alcançava os muros da cidade. Levaram-no a um terraço, próximo aos tanques de água, e lá ficaram fazendo macaquices.

Mogli os observava, à luz do luar, esperando que se distraíssem. Viu uma nuvem se aproximar da lua e pensou: "quando ela cobrir a lua, vai ficar escuro, e aí eu tento fugir outra vez".

A mesma nuvem chamava a atenção de Kaa e Baguera, que se acercavam da cidade perdida, deixando Balu para trás. Sabiam que os macacos só entravam numa briga em bando, cem contra um. Assim, nenhum animal se arriscava a enfrentá-los. Cautelosos, os dois combinaram atacar justamente quando a nuvem escondesse a lua. A pantera iria de um lado, a serpente de outro, pelos muros.

E, no momento exato, protegida pelo escuro, Baguera saltou no terraço e se pôs a golpear os macacos com as patas dianteiras. Um deles deu o alerta:

– Ela está sozinha. Vamos matá-la!

O bando se atirou sobre a pantera, mordendo, arranhando, enquanto uns Bandar-log agarraram Mogli e o jogaram numa casa por uma abertura do telhado.

– Vamos acabar com sua amiga. Depois voltamos para brincar com você, se as cobras que moram aí o pouparem.

O garoto logo deu a senha do Povo-Serpente. Meia dúzia de cobras pequenas, mas venenosas, responderam:

– Ssss! Cuidado, irmãozinho, não pise na gente.

Mogli ficou imóvel, espiando a luta mortal pelas frestas da parede.

– Vá para o tanque, Baguera! Mergulhe na água!

A pantera se reanimou com a voz do menino e foi abrindo caminho entre os macacos até chegar ao tanque, onde mergulhou. Com a cabeça para fora da água, foi recuperando o fôlego. À borda, os Bandar-log guinchavam, furiosos, pois não sabiam nadar.

De repente, soou um urro de guerra. Balu chegara. Uma onda de macacos investiu sobre ele.

Por sorte, nessa hora, Kaa ultrapassara finalmente o muro e viera coleando, direto ao campo de batalha. Seus dez metros de comprimento já assustavam, imagine então a força de seus golpes de cabeça, sua principal arma. Bastou uma cabeçada na multidão de macacos ao redor de Balu para debandá-los.

– Fujam, é Kaa! Fujam!

Então, a serpente emitiu um silvo agudo que gelou e paralisou os Bandar-log. Baguera aproveitou para sair do tanque.

– Temos que pegar Mogli antes que ataquem de novo.

– Ssss. Não vão se mexer até eu mandar – disse Kaa. – Onde está ele?

– Estou preso – gritou o garoto.

– Tire-o daqui, Kaa – disseram as pequenas cobras. – Ou ele vai esmagar nossos filhotes.

A serpente examinou as paredes da casa, procurando seu ponto fraco. Então deu uma cabeçada, e mais outra, abrindo um buraco, pelo qual Mogli saltou e foi se juntar aos seus amigos.

Baguera o apresentou a Kaa.

– Agradeça, como é nosso costume. Você deve a vida a ela.

– Então este é o filhote de homem? – disse a serpente. – Você é parecido com os Bandar-log. Quando troco de pele, fico meio cega e posso confundi-lo com um deles. Cuidado!

– Somos um só, você e eu – disse Mogli. – Minha caça será tua, sempre que quiser.

– Obrigado, irmãozinho – respondeu Kaa. – Vão embora, que eu vou dar um jeito nesse bando!

Dirigiu-se ao centro do terraço e começou a ondular a cabeça, a rastejar e a mover vigorosamente seu corpo. Era a sua dança da fome, que ia hipnotizando os macacos e os atraía para si.

A noite já ia alta. O menino e seus amigos se apressaram para abandonar o Refúgio Frio e seguiram para a sua região na selva.

Cansado, Mogli subiu no dorso da pantera e adormeceu profundamente. Só foi acordar mais tarde, na caverna, ao lado da Mãe Loba. Aprendera a lição: jamais se meteria com os Bandar-log.

A expulsão

Outros perigos Mogli enfrentava na selva à medida que crescia, e o maior ainda era Shere Khan. Mãe Loba vivia dizendo que, um dia, teria de matá-lo para viver em paz. O tigre manco se tornara amigo dos lobos mais jovens. Dava-lhes restos de sua caça, elogiava seu faro de caçadores e aproveitava para jogá-los contra Akela.

Baguera aconselhava Mogli a não se descuidar. Mas o garoto dizia:

– Por que ter medo de Shere Khan? Você, Balu e a alcateia estão do meu lado...

– Abra os olhos, irmãozinho. Os lobos que admitiram você na Rocha do Conselho estão velhos. Shere Khan convenceu os mais jovens de que você não é do Povo Livre. Você é um homem e, logo, estará crescido!

– Os lobos são meus irmãos. Vivo com eles desde que era bebê. Sempre obedeci à Lei da Selva.

A pantera mostrou a Mogli uma marca debaixo de seu pescoço, onde não crescia mais pelo.

– Ninguém na floresta sabe. Essa marca é de uma coleira que me puseram. Eu nasci entre os homens. Por isso paguei o preço de um touro pela sua vida. Ficava numa jaula e me davam comida. Até que um dia descobri a minha natureza, eu era selvagem: era Baguera, a pantera-negra. Quebrei o cadeado com uma patada. Mas por ter vivido entre os homens, eu me tornei o animal mais terrível da selva.

– Todos aqui têm medo de você, menos eu – disse Mogli.

– Você é mesmo um filhote de homem – disse Baguera, docemente. – E assim como voltei para a floresta, um dia você voltará para a aldeia, é lá onde estão seus verdadeiros irmãos. Isso se os lobos não acabarem com você antes. Porque você é um homem!

O garoto se entristeceu.

– Algo me diz que, se Akela falhar na próxima caçada, a alcateia se voltará contra ele e você. Os lobos se reunirão na Rocha do Conselho, não haverá saída.

A não ser que você vá à aldeia dos homens e traga um pouco da Flor Vermelha que cultivam lá. Ela será um amigo mais forte que eu e Balu.

A Flor Vermelha, à qual Baguera se referia, era o fogo, temido por todas as criaturas da selva.

– A flor que cresce à noite nas cabanas? – disse Mogli. – Eu pego uma muda, sim!

– Muito bem. Pegue a flor e a mantenha viva.

– Tem certeza que esse é o plano de Shere Khan?

– Absoluta!

– Vou acertar as contas com ele!

Mogli saiu correndo pela floresta. Seu coração queimava. Chegou na caverna quase à noite. Pela sua respiração, Mãe Loba percebeu que havia algo errado com seu sapinho.

– O que foi, filho?

– Nada, mãe. Hoje vou caçar perto da aldeia.

E seguiu logo para lá. Mas parou a meio caminho ao escutar o grito de uma presa acuada pelos lobos.

– Vamos, Akela, você é o nosso líder, mostre sua força!

O menino ouviu o som de uma mordida no vazio e concluiu que Akela perdera a presa. Disparou, então, montanha abaixo, rumo às terras cultivadas.

Na aldeia, parou à frente de uma cabana e viu, pela janela, uma mulher alimentando a Flor Vermelha com gravetos.

Ficou ali, à espera, e, quando amanheceu, uma criança saiu com um vaso, do qual, entre as brasas ardentes, subia uma língua de fogo. Mogli correu e roubou o vaso dela. A criança gritou, assustada com a aparição, enquanto Mogli desaparecia floresta adentro.

Precisava dar comida à Flor Vermelha, como a mulher fizera. Pegou uns gravetos no chão e os colocou no vaso, para queimar.

O sol já ia alto, quando encontrou Baguera.

– Akela falhou – disse a pantera-negra. – Os lobos só não o mataram porque queriam eliminar você também, mas não o encontraram.

– Fui à aldeia dos homens. Estou pronto – disse e mostrou o vaso. – Veja!

Mogli passou aquele dia na caverna, cuidando da brasa. No fim da tarde, Tabaqui, o chacal, veio avisar que o chamavam na Rocha do Conselho.

Quando chegou lá, Mogli viu Akela ao lado da rocha, não sobre ela, sinal de que a liderança da alcateia estava vaga. Shere Khan ia e vinha, à vontade, seguido pelos lobos jovens. Baguera se juntou ao garoto, que escondia o vaso de brasa entre os joelhos.

Shere Khan tomou a palavra, mas Mogli protestou, dizendo que um tigre não podia comandar uma reunião do Povo Livre.

Alguns lobos o apoiaram, outros discordaram, o que levou os mais velhos a dizerem:

– Vamos ouvir Akela pela última vez. É seu direito!

– Durante anos, eu protegi vocês das armadilhas e comandei as caçadas – disse o velho líder. – Ontem eu falhei. Escolheram uma presa nova para revelar minha fraqueza. Foi uma cilada, mas não importa. Pela Lei da Selva, devo enfrentar um de cada vez. Quem é o primeiro?

Fez-se um longo silêncio. Apesar de Akela estar velho, nenhum lobo tinha coragem de enfrentá-lo.

– Quem liga para esse lobo velho, sem dentes? – gritou Shere Khan. – Vai morrer logo. Já o filhote de homem viveu demais. Quero-o para mim!

– Ele viveu conosco, atraiu caça para nós e sempre seguiu a Lei da Selva – disse Akela.

– Além disso, eu paguei um touro por ele – acrescentou Baguera. – Estou pronta para defendê-lo!

– Ele é nosso irmão – continuou Akela. – Deixem o filhote de homem em paz. Eu troco a minha vida, que já não vale nada, pela dele.

– Ele é um homem, um homem! – rosnaram os lobos e foram se juntando, em sua maioria, ao redor de Shere Khan.

– Agora é com você – disse Baguera a Mogli. – Não temos nada mais a fazer, senão lutar!

Mogli se levantou, segurando o vaso com brasa. Estava furioso. Os lobos jamais tinham dito que não gostavam dele.

– Então eu sou homem, não é? – gritou. – A partir de hoje, vocês não são mais meus irmãos! Estou fora da alcateia e faço o que bem entender. Aqui está a prova, um pouco de Flor Vermelha, que eu peguei!

Derramou a brasa num tufo de ervas secas que, imediatamente, pegou fogo. As labaredas subiram, e todos recuaram, aterrorizados.

– Muito bem! – disse Mogli e acendeu um galho na brasa, fazendo com ele uma tocha. – Vou voltar para minha gente. A selva acabou para mim.

Chutou o vaso de brasa e espalhou mais o fogo.

– Ainda tenho uma conta a acertar – completou, caminhando até Shere Khan, que tremia, encolhido, ante as chamas da tocha. – Levanta ou eu queimo o seu focinho!

O tigre obedeceu. Mogli ameaçou-o com a tocha e, por fim, bateu com ela na sua cabeça.

– Fora! – ordenou.

Shere Khan correu, ganindo de medo. O menino continuou, dizendo aos lobos:

– Vocês vão poupar Akela, eu estou mandando. Agora, sumam!

Girou a tocha várias vezes, despejando fagulhas sobre a alcateia, que se dispersou, uivando. Meia dúzia de lobos tomaram seu partido e permaneceram ali, com Akela e Baguera.

Então Mogli sentiu uma dor desconhecida. Vinha do fundo de seu coração. E, pela primeira vez, ele chorou.

– O que há comigo? Será que estou morrendo, Baguera?

– Não, irmãozinho. São apenas lágrimas, só os homens as derramam. Você cresceu, já é um homem. Aqui não é mais o seu lugar.

Decidido a ir para a aldeia, Mogli foi até a caverna despedir-se da família de lobos que o acolhera.

– Vocês vão se esquecer de mim?

– Nunca – responderam seus quatro irmãos.

– Estamos ficando velhos – disse o Pai Lobo. – Volte logo!

– Volte logo, meu sapinho – repetiu a Mãe Loba. – Amo você como um filho.

– Eu voltarei, prometo. E com a pele de Shere Khan!

Amanhecia quando Mogli começou a descer a montanha de Seoni para encontrar aquelas misteriosas e estranhas criaturas: os homens.

Duelo com Shere Khan

Mogli chegou às terras cultivadas, atravessou a aldeia onde colhera a Flor Vermelha, mas não parou; era perto da selva, queria distância de lá. Caminhou, caminhou, e deu em outra aldeia. Bois e búfalos pastavam nos campos ao seu redor. Ao vê-lo, os meninos que cuidavam do rebanho fugiram, espantados. Os cachorros latiram. Mogli seguiu até a aldeia, toda cercada, e, como o portão estava fechado, não pôde entrar.

"Eles aqui têm medo do Povo da Floresta!", pensou.

Esperou até aparecer um homem. Fez um gesto indicando que queria comer. O homem saiu correndo, gritando pelo sacerdote, que logo apareceu, arrastando dezenas de pessoas. Surpresas, todas apontavam para ele.

"Que povo mal-educado. Só macaco se comporta assim!", pensou Mogli.

– Não há por que ter medo dele – disse o sacerdote para a multidão. – Vejam as marcas em seus braços e pernas: mordidas de lobo. É só um menino-lobo que fugiu da selva.

Mas as marcas eram apenas arranhões que os lobos faziam em Mogli, quando brincavam, não mordidas de verdade.

– Coitado! Mordido por lobos! – disseram umas mulheres. – Ele se parece com o bebê de Messua que o tigre levou.

Messua, esposa do homem mais rico da aldeia, inspecionou Mogli dos pés à cabeça.

– É mesmo! Ele é muito parecido com meu filho.

Então, o sacerdote disse:

– O que a floresta pegou, a floresta devolveu. Leve o menino para sua casa, Messua!

Mogli seguiu a mulher e entrou na cabana, onde ela lhe deu comida, convicta de que o menino-lobo era mesmo seu filho.

"De que me adianta ser homem, se não sei falar a sua língua?", pensou. "Preciso aprender já!"

Assim, toda vez que Messua dizia algo, ele repetia, imitando-a. À noite, já sabia o nome de muitas coisas.

Não quis se deitar na cama. O marido de Messua sugeriu que dormisse onde ele estava acostumado. Mogli ultrapassou os portões da aldeia e se esticou na relva macia. Mal fechou os olhos, apareceu o Irmão Cinzento, o maior dos filhos da Mãe Loba.

– Acorde, irmãozinho, trago notícias. Tudo vai bem na floresta, mas Shere Khan prometeu matá-lo e jogar seus ossos no Waingunga.

– E eu mantenho minha promessa de acabar com ele. Só que hoje estou exausto, Irmão Cinzento, preciso dormir. Venha me visitar outras vezes.

Combinaram de se encontrar sempre ali, mas durante três meses Mogli mal saiu da aldeia, ocupado em aprender os costumes dos homens e a sua língua. Teve de usar roupas, mexer com dinheiro, ajudar no plantio. Tudo o incomodava, até que o deixaram cuidar dos búfalos.

Começou a frequentar os encontros noturnos no clube da aldeia. Os homens e as crianças se sentavam em círculo embaixo de uma grande árvore para contar histórias, quase sempre fantasias sobre os animais da selva. Numa dessas noites, soube que o governo da província oferecia um prêmio para quem caçasse o tigre que há anos aterrorizava a região. Só podia ser mesmo Shere Khan!

No dia seguinte, Mogli foi levar os búfalos ao rio Waingunga, num trecho de brejo, onde gostavam de se refrescar, e encontrou o Irmão Cinzento.

– Shere Khan está louco para se vingar. Logo virá atrás de você.

– Vamos fazer o seguinte – disse Mogli –, quando eu vier com os búfalos, fique em cima daquela pedra, se ele estiver caçando longe daqui. Mas se Shere Khan estiver por perto, esconda-se atrás daquela árvore e me espere.

Assim, dia após dia, Mogli conduziu os búfalos ao brejo e, quando avistava o Irmão Cinzento sobre a pedra, sabia que não havia perigo. Até que, numa manhã, não viu o lobo lá, sinal de que o tigre rondava por ali. Foi até a árvore e, como combinado, atrás dela, o Irmão Cinzento o esperava.

– Shere Khan vem pegá-lo hoje. O plano dele é atacar quando você retornar à aldeia, no fim da tarde. Foi Tabaqui, o chacal, quem me contou, antes que eu o matasse.

O lobo comentou que o tigre devorara um porco selvagem e bebera muita água. Estava pesado, dormindo numa encosta do Waingunga.

– Vamos pegá-lo agora! – disse Mogli. – Podemos encurralar Shere Khan lá. Você consegue separar a manada de búfalos em dois?

– Não, mas tenho quem possa me ajudar...

Akela vinha chegando. Mogli bateu palmas, feliz, ao revê-lo. Explicou logo sua ideia aos lobos e os dois já se meteram a correr entre os búfalos, dividindo o rebanho entre machos, que rumaram para a encosta com Akela, e fêmeas e bezerros, que seguiram pelo outro lado com o Irmão Cinzento.

O tropel dos búfalos era assustador. Mogli ia montado no maior deles. Seu plano era simples: cercar Shere Khan, que, farto de comer e beber, não conseguiria saltar até o outro lado da encosta, nem enfrentar a manada enfurecida.

– Chegou a sua hora, tigre comedor de gado!

Shere Khan despertou, assustado com o cerco. Tentou escapar, mas Mogli e os lobos atiçavam os búfalos enlouquecidos, que foram direto em sua direção e o pisotearam.

Em seguida, Akela e o Irmão Cinzento levaram os búfalos para os campos. Aos poucos, com a ajuda de Mogli, eles foram se acalmando.

Depois, o garoto pegou a faca que trazia consigo, como era hábito dos homens, e começou a cortar a pele do tigre morto. Nisso apareceu o chefe dos caçadores da aldeia:

– Deixe que eu esfolo o tigre. Vou levar a pele para o governo da província e pegar o prêmio.

Mogli argumentou que a pele era sua, por direito, tinha uma guerra pessoal com o tigre e o vencera. O caçador o ameaçou. Então, para se livrar dele, o garoto emitiu o chamado de ajuda e Akela surgiu no ato.

O homem fugiu, apavorado. Mas, ao chegar à aldeia, disse ao sacerdote que o garoto era um feiticeiro, pois duelava com tigres e mandava em lobos.

No fim da tarde, Mogli terminou de tirar a pele de Shere Khan. Voltou para casa levando a manada com Akela e o Irmão Cinzento. Viu os moradores à sua espera no portão da aldeia e pensou que era por ter matado o tigre manco. Mas, de repente, começaram a lhe atirar pedras.

– Feiticeiro! Demônio da selva!

Desorientado, Mogli tentava se proteger, mas a chuva de pedras continuava, e uma o atingiu na boca.

– Fora daqui, menino-lobo! Fora! – gritou o sacerdote.

– Da outra vez me expulsaram porque eu era um homem – disse o garoto. – Agora é porque sou um lobo!

Messua veio correndo, aflita.

– Sei que você não é nada disso, filho. Você vingou o meu bebê. Mas vá embora ou vão matá-lo!

– Estou indo – disse Mogli, a boca sangrando. – Agora, volte, Messua, ou vão apedrejar você também. Adeus!

Fez um gesto e a manada disparou, a toda velocidade, e entrou na aldeia, pondo a multidão para correr.

– Agradeçam a Messua! – gritou Mogli. – Foi só por ela que não soltei meus lobos em vocês!

Virou as costas e foi embora com Akela e o Irmão Cinzento.

A lua já ia alta quando chegaram à montanha de Seoni. Pararam na caverna da Mãe Loba.

– Os homens me expulsaram de sua alcateia, mãe – disse Mogli. – Mas cumpri minha promessa: aqui está a pele de Shere Khan!

– Eu bem disse, meu sapinho, que um dia você iria matá-lo! Bem feito para ele!

– Bem feito mesmo, irmãozinho – disse Baguera, que surgia. – Estávamos muito solitários sem você.

Juntos subiram à Rocha do Conselho, onde Mogli estendeu a pele do tigre. Akela pisou na pele e uivou, convocando os lobos.

Desde que fora deposto, a alcateia não tinha um líder, cada um caçava por si. Mas os lobos atenderam ao seu chamado e foram chegando aos poucos. Uns mancavam por causa de armadilhas ou tiros, outros estavam doentes por comerem mal.

Mogli começou a cantar uma canção triste demais. Seu coração pesava. Doía ser duas criaturas numa só, um homem e um lobo. E, ao mesmo tempo, não pertencer à floresta nem à aldeia.

– Cumpri a minha promessa – disse, ao terminar a canção. – Eu matei Shere Khan!

Cães vermelhos

Depois de ter vivido na aldeia e retornado à selva, começou a melhor fase da vida de Mogli. Todos os povos da floresta gostavam dele, embora o temessem um pouco.

As coisas que fez nessa época dariam muitas histórias, uma mais longa que a outra. Você nem imagina como foi seu encontro com o Elefante de Madla, que ficou louco e atacou os carros do governo, espalhando moedas de ouro pela mata. Ou como foi a sua luta com Jacala, o crocodilo, durante uma noite inteira nos brejos do Waingunga. Nem como Mogli se safou de um rebanho de antílopes em disparada. Enfim, não dá para falar aqui das muitas aventuras que ele viveu na selva, mas vamos contar a sua batalha com os cães vermelhos.

Nessa época, Pai Lobo e Mãe Loba já haviam morrido. Balu envelhecera, e mesmo Baguera, com seus músculos de ferro, não tinha mais a mesma agilidade. Akela, com os pelos totalmente brancos, mal se movia. Mogli e seus irmãos lobos caçavam por ele. A alcateia de Seoni, que passara um tempo sem líder, era chefiada por Phao. Eram bons tempos e ninguém ousava se meter com o Povo Livre.

Uma tarde, Mogli ouviu um daqueles gritos terríveis dos chacais que anunciam um grande predador. Em seguida, outro grito soou. O garoto correu com seus irmãos até a Rocha do Conselho. Phao e Akela já estavam lá, em cima da pedra, diante dos lobos tensos. As fêmeas, em alerta máximo, tinham escondido seus filhotes nas cavernas.

A mata silenciara. Nada se ouvia, a não ser o fluir do Waingunga e o rumor das árvores ao vento. De repente, um lobo uivou, longa e desesperadamente, para lá do rio. E não era da alcateia de Seoni.

Em seguida, ouviram passos cansados, de quem vinha tropeçando pelo caminho e, então, surgiu um lobo magro, com os flancos ensanguentados, a boca espumando.

– Boa caçada – saudou Phao. – Qual é a sua alcateia?

– Boa caçada – respondeu o estranho. Explicou que não vivia em grupo, era um lobo solitário, que caçava para si e sua família.

– O que está acontecendo? – perguntou Phao.

– São os cães vermelhos! – respondeu o lobo solitário, referindo-se aos cães ferozes que andavam sempre em grandes bandos atacando os povos da floresta. – Saíram de Dekkhan, onde a caça rareou, e vêm vindo para cá. Mataram tudo o que encontraram pelo caminho. Inclusive minha mulher e meus filhotes.

– Quantos são? – perguntou Mogli.

– Não sei. Mas três deles estão mortos, o que me custou muito sangue. Vejam! – e mostrou seus ferimentos.

Mogli já tinha visto um bando de cães vermelhos de longe, quando fora ao Dekkhan, e não gostara nada deles. Akela os conhecia mais do que ninguém e disse ao garoto:

– Essa luta vai ficar na história, será a minha última. Você não precisa ir com a gente. Fuja para o norte e se esconda. Os homens têm vida longa. Você saberá depois como foi a batalha, se algum de nós sobreviver.

Mogli sabia que seria uma luta até a morte e diferente da que travara com Shere Khan. Mas fora criado pelos lobos e não iria abandoná-los.

– Quando os cães vermelhos chegarem, eu e o Povo Livre seremos uma só pele nessa luta. Dou a minha palavra, pelo touro que Baguera pagou por minha vida.

O lobo solitário aconselhou a alcateia a evitar o confronto com os cães selvagens e fugir enquanto era possível. Mas Mogli se opôs com veemência e convocou a alcateia a resistir:

– Nós somos a floresta! Vamos enfrentá-los!

Os lobos o apoiaram com um uivo retumbante:

– Vamos!

Anoiteceu. Mogli saiu apressado, sem olhar para o chão, e pisou em Kaa, que fazia tocaia perto do rio. A serpente se irritou, mas ao ver quem era, acalmou-se.

– Me desculpe, eu estava mesmo procurando você – disse Mogli. E, como de costume, pendurou-se no grande corpo de Kaa que se enroscara numa árvore feito uma rede. A cobra, meio surda, não ouvira o grito do chacal e o garoto lhe contou o que acontecera.

Kaa perguntou quantos eram os cães vermelhos e como ele pretendia vencê-los. Mogli não sabia o tamanho do bando, mas tinha um plano:

– Vão ter que cruzar o rio Waingunga. Pensei em ficar nos barrancos com a alcateia e atacá-los com minha faca.

– Ssshh, não vai dar certo – disse Kaa.

– Você já viveu muito, tem alguma ideia melhor para me dar?

– Sim, já vi de tudo na floresta, sou mais velha do que muitas árvores. Fique quieto, vou lembrar toda minha vida agora.

Kaa se encolheu como se dormisse e, em silêncio, se pôs a recordar tudo o que vira e soubera desde seu nascimento. Depois de uma hora, despertou de seu transe e disse a Mogli:

– Recordei todas as estações passadas. Vamos ao rio. Vou mostrar o que você pode fazer contra os cães vermelhos.

Seguiram para o Waingunga e antes que Kaa se metesse nas águas, Mogli se agarrou firme em seu pescoço. A serpente subiu o rio com o garoto em seu dorso até chegar a um desfiladeiro, onde a correnteza era muito forte, e lá ancorou, prendendo-se a uma pedra.

– A Morada da Morte! – exclamou Mogli, sentindo um cheiro doce no ar.

Ali vivia, desde o começo dos tempos, o Povo Miúdo das Pedras, as ferozes abelhas negras da Índia. Ninguém ousava entrar no desfiladeiro, em cujas fendas das rochas elas faziam suas colmeias.

– Por que viemos aqui?

– Elas estão dormindo – disse Kaa. E explicou que, há muitos anos, um cervo, fugindo de uns lobos, veio dar ali, onde ninguém saía vivo. Acabou caindo no rio e, assim, se livrou das abelhas selvagens, que todavia não pouparam os seus perseguidores.

– Então o cervo sobreviveu? – perguntou Mogli.

– Pelo menos até cair na água.

– Acho que estou entendendo!

– Se você atrair os cães vermelhos para cá, eles serão mortos pelas abelhas. Os que se salvarem, caindo no rio, vão se afogar na correnteza ou serão arrastados até Seoni, onde sua alcateia poderá atacá-los.

Mogli explorou o terreno acima do desfiladeiro, enquanto Kaa foi avisar os lobos em que ponto do Waingunga deveriam esperar pelos cães vermelhos. Quando a serpente voltou, viu a silhueta do garoto contra o céu estrelado. Mogli saltou na água e se agarrou a ela, treinando para executar seu plano.

– Amontoei umas pedras na entrada das colmeias para derrubar quando eu passar por lá correndo. Assim acordo as abelhas!

Combinou de encontrar com Kaa na tarde seguinte, naquela pedra, e rumou com a serpente rio abaixo. Depois nadou até a margem e foi colher umas cabeças de alho-silvestre. Aprendera com Balu, quando procurava mel, que as abelhas odiavam o cheiro de alho. Em seguida, procurou o rastro de sangue deixado pelo lobo solitário, chegando a uma região de mata fechada. Estudou as árvores e se ajeitou no alto de uma delas, à espera dos cães vermelhos.

Lá pelo meio-dia, ouviu os passos do bando se acercando. Eram mais de duzentos cães, com suas bocas sanguinárias, farejando, silenciosamente, o rastro do lobo solitário. Quando se aproximaram da árvore, Mogli os desafiou:

– Com permissão de quem vocês vieram caçar aqui?

– A selva é nossa! – respondeu o líder dos cães vermelhos.

O garoto começou a zombar deles, que no ato rodearam a árvore, furiosos. Mogli espichava a perna e a recolhia antes que os cães a

pegassem. Assim, os levou a latir, a uivar e a rugir raivosamente. Por fim, enlouquecido, o líder deu um salto fantástico e Mogli o agarrou pelo pescoço. Cortou com a faca seu rabo vermelho e atirou o animal ao chão. Era o que precisava para o bando não sossegar enquanto não o matasse. Subiu, então, num galho mais alto, ajeitou-se confortavelmente e dormiu. Acordou horas depois e conferiu os cães vermelhos: estavam todos lá. Entardecia. Em pouco tempo, o Povo Miúdo terminaria sua jornada de trabalho.

– Quer seu rabo de volta? – disse Mogli, provocando o líder, que queria estraçalhá-lo. – Então, me siga! – e saiu saltando de árvore em árvore, como os Bandar-log, atraindo os cães vermelhos, que o perseguiam em terra, ensandecidos.

Quando chegou à última árvore antes do desfiladeiro, Mogli amassou os alhos que colhera e esfregou em seu corpo. Jogou o rabo do líder no meio dos cães. Aí desceu da árvore e se meteu a correr o máximo que podia, arrastando o bando em seu encalço.

As abelhas já dormiam, mas despertaram com o rumor de seus passos e foram saindo dos favos, alvoroçadas, com um zumbido estremecedor. O garoto continuou a sua corrida, chutou as pedras nas colmeias e viu o horizonte escurecer às suas costas. Chegou à beira do Waingunga e, antes de se atirar no rio, o líder dos cães vermelhos quase o apanhou. Caíram juntos na água, mas enquanto o animal lutava com a correnteza, Mogli, sem ser picado graças ao cheiro de alho, segurava-se no pescoço de Kaa.

Lá em cima, os cães vermelhos tentavam, desesperadamente, escapar das abelhas. Muitos morriam ali mesmo, com as ferroadas do Povo Miúdo, outros se lançavam ao rio e se debatiam contra a força das águas. Mas logo, cansados de nadar, iam descendo ao sabor da corrente e, quando se deram conta, estavam nos rasos do Waingunga, nas terras de Seoni, onde a alcateia os aguardava.

A luta feroz começou. A areia das margens se tingia de sangue. Apesar das baixas, ainda havia muitos cães selvagens, dois para cada lobo. Protegido pelo Irmão Cinzento, Mogli matava os inimigos à faca. Os lobos atacavam na garganta ou nos flancos, enquanto os cães mordiam na barriga. A confusão reinava: os bandos se misturavam, iam de lá para cá, combatendo cegamente. Aqui um lobo se engalfinhava com três cães vermelhos; ali uma loba, em fúria, vingava a morte de seu filhote. Akela lutava bravamente contra dois cães, Phao arrastava um inimigo pelo pescoço.

A noite avançava e, num certo momento, Mogli percebeu que o fim da luta se aproximava. Então viu o lobo solitário dar uma mordida na garganta do líder dos cães vermelhos e matá-lo. Com esse desfecho, os cães imediatamente bateram em retirada.

– Akela está ferido! – gritou o Irmão Cinzento.

Mogli correu até o velho lobo e se debruçou sobre ele.

– Eu não disse que seria minha última luta? Queria morrer perto de você. Longe vão aqueles tempos de Shere Khan e do filhote de homem que chegou nu à Rocha do Conselho.

– Não, não, eu sou um lobo. Sou do mesmo sangue que o Povo Livre.

– Você é um homem, lobo só de criação. E hoje você salvou a alcateia, como eu o salvei anos atrás. As dívidas estão pagas. Volte para o seu povo, quando a primavera chegar.

Akela suspirou profundamente e cantou a Canção da Morte, como fazem os líderes no momento final da vida. Mogli ficou ali, imerso em sua dor, segurando a cabeça do velho lobo, que morreu em seus braços.

A voz da primavera

Dois anos se passaram após a batalha com os cães vermelhos. Mogli completou dezessete anos. O exercício intenso na selva e a alimentação saudável o fortaleceram. Os povos da floresta, que já o temiam pela sua astúcia, passaram a temê-lo pela sua força. Quando percebiam que se aproximava, fugiam, embora o garoto continuasse amigo deles.

Certa manhã, Mogli e Baguera despertaram no alto da montanha onde dormiam e deram com uma neblina cobrindo toda a paisagem. Aos poucos, contudo, o sol surgiu, derramando sua luz dourada sobre os espaços, e dispersou a névoa. Era o fim do inverno. As folhas das árvores, envelhecidas, farfalhavam ao vento.

– Tudo muda – disse a pantera-negra. – A floresta renasce. A primavera traz nova vida. É o que dizem essas folhas. E também o canto dos pássaros, ouça!

Nas florestas da Índia, as estações se sucedem sem que se perceba quando acaba uma e começa outra. Parecem apenas duas: a das chuvas e a da seca. Mas na manhã em que a primavera chega, os aromas da mata se intensificam. Quase dá para ouvir o ruído das raízes crescendo. Há uma vibração no ar, que não é a da água na cachoeira ou a da brisa nas folhagens: é a própria voz da natureza. Os animais rugem, cantam, assobiam. A primavera traz a alegria de viver aos povos da floresta.

E, justamente nesse dia, Mogli acordou triste. Mal deu atenção à Baguera. Sua barriga pesava. Sentia calor e depois frio. Estava irritado e não sabia o motivo.

– Devo ter comido veneno – dizia a si mesmo.

Resolveu, então, seguir até as terras cultivadas: havia tempos não caçava por lá. Chamou os quatro irmãos lobos, mas nenhum respondeu: uivavam longe dali, saudando a nova estação.

Caminhou durante horas e já era noite profunda quando chegou ao brejo do Waingunga, onde os búfalos se refrescavam. O mal-estar continuava e Mogli, sem entender o seu estado, chorou.

– Acho que vou morrer – pensava. – Por que estou assim?

Aí ele avistou uma luzinha a distância. A Flor Vermelha o atraía. Desejou ver o que mudara na alcateia dos homens e foi até lá. Deu numa cabana solitária, nos arredores de uma aldeia. Cachorros latiram com a sua aproximação. Um bebê choramingou. A porta da cabana se abriu e uma mulher mirou a escuridão.

– Dorme, querido, não é nada!

Mogli conhecia aquela voz. Começou a tremer, como se tivesse febre. Chamou baixinho, surpreso por ainda saber a língua dos homens:

– Messua, Messua!

Acercando-se da porta, viu a mulher que cuidara dele, agora mais velha, os cabelos grisalhos.

Ela o reconheceu à luz e se espantou que fosse já um homem feito. Alto e forte, cabelos longos e negros, Mogli lhe pareceu uma divindade florestal.

– Entre, meu filho!

– Vim na direção da luz – disse, observando o bebê que dormia a um canto. – Não sabia que morava aqui.

– Depois que você partiu, as pessoas da aldeia passaram a me perseguir. Mudamos para cá, mas meu marido morreu.

– E este bebê?

– É meu filho. Tem dois anos. Se você é o menino que o tigre levou, então ele é seu irmão menor.

– Meu coração está pesado, mãe! – disse Mogli, que continuava tremendo.

Talvez tivesse pegado a febre do brejo, comentou Messua. Reavivou o fogo e trouxe leite quente para ele. Mogli o bebeu e, exausto pela longa caminhada, num instante caiu em sono profundo.

Só acordou na tarde do dia seguinte. Messua lhe serviu uma refeição leve, para não atrapalhar sua caçada noturna. Mogli queria retornar logo à floresta, mas o bebê gostara dele e não o largava.

De repente, a pata cinzenta de um lobo apareceu no vão da porta e um uivo ecoou, assustando a mulher.

– Espere aí fora, Irmão Cinzento – ordenou Mogli. E, virando-se para Messua, disse: – Mãe, preciso ir!

Ela o abraçou com força e disse com ternura:

– Volte quando quiser, filho. Você está no meu coração.

– Eu voltarei – prometeu ele.

Fora da casa, Mogli perguntou ao Irmão Cinzento:

– Por que vocês não me atenderam ontem, quando chamei?

– Estávamos festejando a primavera – respondeu o lobo. – Mas segui seu rastro e cheguei aqui. Você vai viver de novo entre os homens?

Mogli ia responder, quando apareceu uma moça linda, vindo da aldeia. Escondeu-se às pressas com o lobo no meio da plantação. Ainda assim, ela o viu entre a folhagem e deu um gritinho. Depois suspirou, aliviada, e seguiu seu caminho.

– Já não sei – respondeu Mogli, fascinado com a beleza da moça. – Mas se eu ficar na aldeia, você virá me visitar?

– Sempre – disse o Irmão Cinzento. E completou: – Akela estava certo: o homem volta para o homem.

– E você, o que acha? – perguntou Mogli.

– Você é meu irmão. Seu caminho é meu caminho, sua caça é a minha caça. Estarei sempre ao seu lado, mas o que você dirá aos povos da floresta?

– Reúna todos na Rocha do Conselho, vou lá dizer o que sinto.

O Irmão Cinzento correu a mata, anunciando que Mogli iria voltar para os homens. Mas ninguém se interessou. Fosse outra estação, a novidade atrairia os povos da selva, mas era primavera e todos estavam desfrutando a natureza que se renovava.

Assim, quando Mogli chegou à noite à Rocha do Conselho, onde, anos antes, fora apresentado à alcateia, encontrou apenas os quatro irmãos lobos, Balu já quase cego e Kaa enrolada sobre a pedra.

– Somos um só sangue, você e eu – disse a serpente. – Diga o que tem a dizer, filhote de homem!

– Eu devia ter morrido na luta com os cães vermelhos – disse Mogli. – Sinto-me fraco e não comi veneno. A primavera chegou e não me alegrei. A Flor Vermelha me arde no sangue. Não sei o que tenho...

– Nem é preciso – observou Balu. – Akela disse que uma hora Mogli levaria Mogli de volta à alcateia dos homens. Eu mesmo disse isso. Baguera também. É a Lei.

– Quando vi você no Refúgio Frio, eu já sabia – acrescentou Kaa. – O homem retorna ao homem, mesmo que a selva não o expulse.

– A selva não vai me expulsar de novo, vai? – sussurrou Mogli.

– Enquanto nós vivermos, não! – uivaram os irmãos lobos.

– Eu ensinei a você a Lei – disse Balu. – Segue agora seu rumo, sapinho. Volte para o seu povo, encontre uma companheira de sua espécie.

– Amigos, não quero ir, mas meus pés me arrastam – disse Mogli, lembrando-se da moça linda que vira

adaptação de João Anzanello Carrascoz
ilustrações de Laurent Cardo

Uma criança perdida na selva indiana é adotada por uma família de lobos e recebe o nome de Mogli. O menino-lobo cresce, aprende a linguagem da floresta e conquista muitos amigos, mas precisa de muita sabedoria e habilidade para enfrentar seus inimigos e habitar dois mundos tão diferentes, o dos homens e o dos animais.

REENCONTRO INFANTIL
editora scipione

Os personagens

1 Encontre no diagrama os nomes de alguns dos personagens da história. Circule em azul os que ajudaram Mogli em suas aventuras e em vermelho os seus inimigos.

R	J	N	U	K	T	I	Y	C	P	X	S	H	U	F	L	E	V
C	B	A	N	S	E	C	F	Z	Ã	H	P	D	X	T	N	C	J
V	K	W	Q	V	M	Ã	T	A	K	E	L	A	F	U	H	R	B
A	C	Ã	E	G	K	E	I	O	L	O	F	R	S	Q	I	M	K
K	N	V	O	M	D	S	O	H	B	J	P	I	H	T	N	D	O
Z	I	U	T	P	H	V	Q	Ã	S	M	G	X	E	S	L	H	Z
H	F	L	G	V	U	E	D	F	I	R	L	S	R	Ã	R	G	I
O	S	A	H	S	J	R	T	L	O	V	A	Y	E	V	O	J	N
G	N	B	C	O	V	M	K	E	J	H	U	O	K	M	F	S	E
E	S	M	T	K	P	E	I	Z	K	N	R	S	H	V	L	K	R
P	A	V	I	G	W	L	U	S	B	P	E	X	A	I	H	B	N
K	M	L	U	N	V	H	O	C	A	M	T	S	N	L	R	U	J
H	O	B	Ã	Y	F	O	L	P	G	N	I	T	O	D	J	F	O
Ã	V	R	M	E	S	S	U	A	U	S	R	J	U	G	U	E	V
S	I	T	J	O	H	P	Q	R	E	T	F	W	Z	O	P	S	Ã
Q	C	P	E	T	S	J	K	M	R	C	V	K	H	U	M	L	K
I	M	A	C	A	C	O	S	B	A	N	D	A	R	L	O	G	E
R	K	I	V	N	A	D	H	I	Q	F	P	T	J	S	P	V	T
M	C	G	E	J	L	T	O	E	N	O	H	A	I	F	B	K	L

Quem são os outros personagens da história?

____

____

____

____

____

____

2 Preencha o quadro abaixo indicando e caracterizando o personagem de que você mais gostou e o de que menos gostou na história. Não se esqueça de registrar todas as características de cada um deles!

Personagem que	**Características físicas**	**Características psicológicas**
mais apreciei: ____________	____________ ____________ ____________ ____________	____________ ____________ ____________ ____________
menos apreciei: ____________	____________ ____________ ____________ ____________	____________ ____________ ____________ ____________

3 As frases abaixo foram pronunciadas por personagens da história.

"Nós somos a floresta!"	"A selva é nossa!"

a) Você se lembra de quem falou cada uma dessas frases?

b) Essas frases ilustram a relação desses personagens com o lugar onde vivem. O que cada uma delas revela?

Relembrando a história

1 As oito cenas seguintes ilustram as aventuras de Mogli na selva. Numere-as na sequência correta dos acontecimentos.

( ) 

( ) 

( ) 

( ) 

( ) 

( ) 

( )  ( ) 

2. Quais habilidades aprendidas por Mogli o ajudaram a viver na selva e a escapar de seus inimigos?

3. Para uma criança viver na cidade, quais habilidades precisa desenvolver? Justifique sua resposta.

4. Nos dois primeiros capítulos conhecemos algumas das leis que devem ser respeitadas pelos animais que vivem na selva. Identifique essas leis no texto e reescreva-as abaixo.

____

____

____

____

____

____

____

5. No final da história Kaa diz a Mogli: “Não podemos vestir de novo a pele velha”. O que a cobra quis dizer com isso?

____

____

____

____

____

____

6. O título de um capítulo normalmente destaca algo importante do texto. Que tal criar novos títulos para as histórias de Mogli? Use sua imaginação!

Perdido na selva: ______________________________

O Conselho dos Lobos: __________________________

Lições de Balu: ________________________________

O rapto: ___

A caçada de Kaa: ___

A expulsão: ___

Duelo com Shere Khan: ___

Cães vermelhos: ___

A voz da primavera: ___

7 Mogli acordou de um jeito estranho justamente no início da primavera, estação que traz alegria de viver aos povos da floresta. Você é capaz de nomear os sentimentos vividos por Mogli naquele dia? Por que ele estava se sentindo assim?

___

___

___

___

___

Conhecendo novas palavras

A história que você acabou de ler nos aproxima da natureza de alguns animais. Reescreva as frases abaixo utilizando o vocabulário correto para designar as vozes dos animais, conforme o exemplo:

A serpente emitiu um **uivo** agudo que gelou e paralisou os Bandar-log.

*A serpente emitiu um **silvo** agudo que gelou e paralisou os Bandar-log.*

A Mãe Loba brincava com seus filhotes que **sibilavam** para a lua.

___

Um **latido** ecoou lá embaixo nas moitas. Era um lamento do tigre que errara o bote.

___

A resposta era um perfeito **mio** de cobra.

___

Shere Khan correu, **piando** de medo.

___

Um pouco de ciência

A cobra Kaa foi vista estirada ao sol admirando sua nova pele. Você sabe por que as cobras ficam estiradas ao sol e por que razão elas trocam de pele? Vamos pesquisar! Procure a resposta para essas perguntas em enciclopédias, em livros especializados ou na internet. Aproveite para descobrir outras características das cobras, animais que provocam tanto fascínio e medo nos homens.

Um pouco de geografia

A história de Mogli se passa na região entre Seoni e o rio Waingunga, na Índia. Identifique no mapa abaixo, com o auxílio de um atlas, as três principais cidades da Índia: Mumbai, Calcutá e a capital, Délhi. Localize também os três maiores rios do país: o Ganges, o Bramaputra e o Godavari.

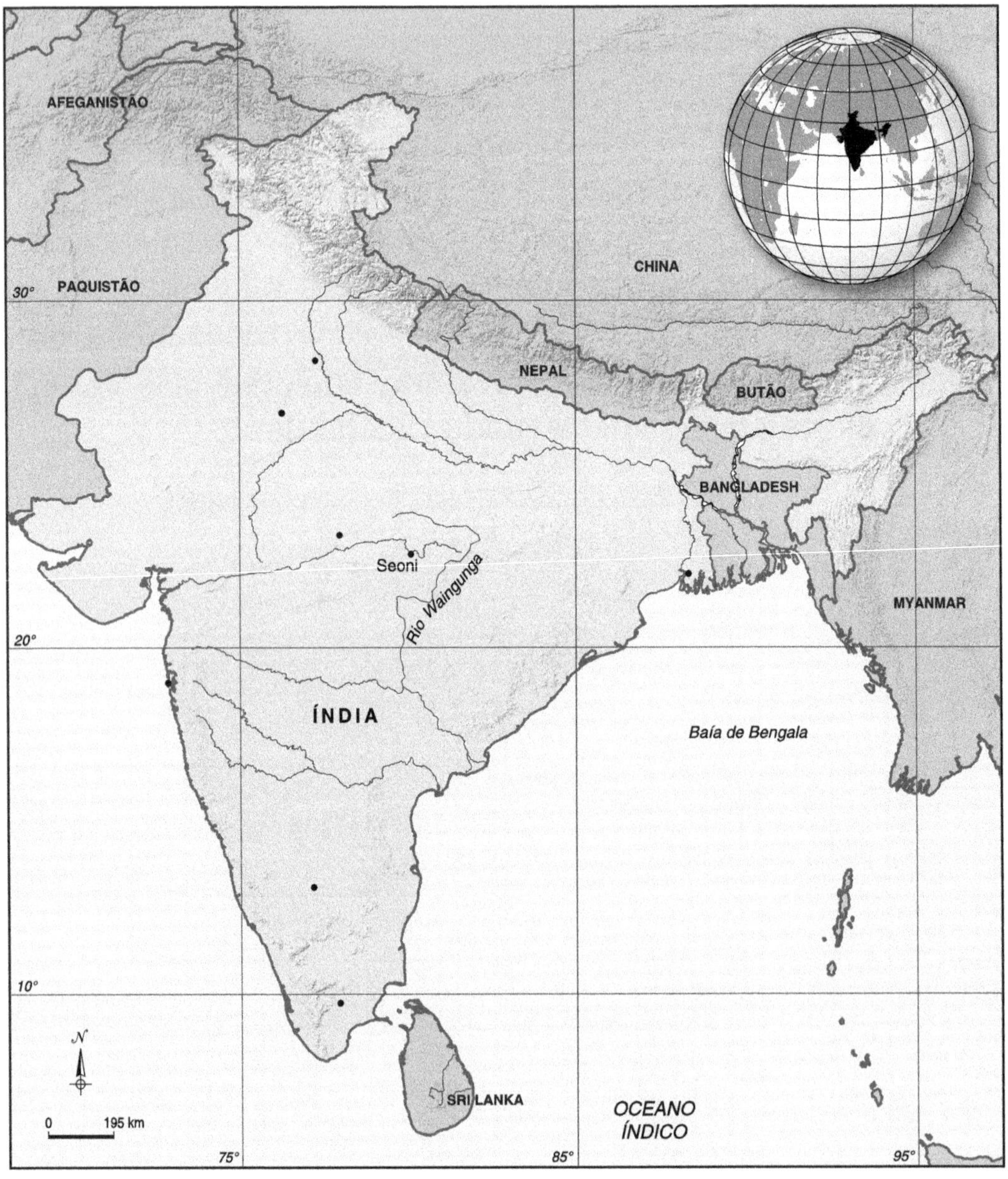

Crie!

Na história que você acabou de ler o povo da selva nomeia o fogo de "Flor Vermelha". Imagine que nomes os animais dariam para os seguintes objetos, presentes nas casas e nas ruas das grandes cidades:

Geladeira: ______________________ Ônibus: ______________________

Televisão: ______________________ Carro: ______________________

Rádio: ______________________ Semáforo: ______________________

Na vida real

Em algumas passagens da história, Mogli foi discriminado na selva e na aldeia por ser diferente dos povos que habitavam esses lugares. Você se lembra de ter vivido ou presenciado uma situação em que alguém foi vítima de preconceito por ser diferente? Como foi?

____

____

____

____

Você é o autor

Agora que você já conhece as aventuras vividas por Mogli, que tal criar uma nova história no seu caderno? Se quiser, você pode se inspirar no encontro de Mogli com o Elefante de Madla ou na sua luta com Jacala, o crocodilo.

pela manhã. E, abrindo os braços, soluçou: – Como poderei viver sem isso?

– Não há mal em partir – consolou-o Balu. – Depois de comer o mel, abandonamos os favos.

– Não podemos vestir de novo a pele velha – acrescentou Kaa.

– E o touro que Baguera pagou por mim? – perguntou Mogli.

Nesse instante, a pantera-negra saiu de uma moita e disse:

– Por isso demorei. Foi uma longa caçada, mas matei um novo touro para libertar você. Assim as dívidas estão pagas.

– Não há mais o que dizer – murmurou Balu. – Siga seu caminho. Mas antes se despeça de mim.

– É difícil trocar de pele – disse Kaa, enquanto Mogli chorava, abraçado ao velho urso.

– As estrelas estão sumindo – disse o Irmão Cinzento, contemplando o céu que anunciava o novo dia. – Como será a nossa vida amanhã?

Quem foi Rudyard Kipling?

Escritor, poeta e jornalista, Rudyard Kipling nasceu em 1865, em Bombaim, na Índia, quando esse país era possessão do Império Britânico. As lendas estranhas e exóticas que ouviu de seus servos indianos na infância o inspiraram a escrever muitas histórias, com as quais fez extraordinário sucesso e que lhe valeram o Prêmio Nobel de Literatura em 1907. Aos seis anos, Kipling foi para a Inglaterra estudar e retornou depois à Índia. Viveu alternando-se entre esses dois mundos, como o menino-lobo, ora com os povos da floresta, ora na aldeia com os homens. Suas obras mais célebres são o romance *Kim* e os dois *Livros da selva*, que trazem, em meio a outros relatos, as aventuras de Mogli e sua turma. Kipling morreu em 1936, em Londres.

Quem é João Anzanello Carrascoza?

Escritor, redator de propaganda e professor universitário, João Anzanello Carrascoza nasceu em 1962, em Cravinhos, pequena cidade do estado de São Paulo. Os relatos misteriosos que ouviu de seu pai na infância despertaram seu gosto pela literatura, motivando-o a escrever histórias com as quais recebeu prêmios como o Jabuti e o Guimarães Rosa/Radio France Internationale. Aos dezessete anos, Carrascoza foi para São Paulo estudar Comunicação Social na ECA/USP, onde depois fez mestrado e doutorado. Vive alternando-se entre esses dois mundos, o interior do estado e a capital. Das obras que escreveu, destacam-se a coletânea de contos *O volume do silêncio* e histórias para crianças, como *O menino que furou o céu*.

Quem é Laurent Cardon?

Laurent Cardon é francês. Graduou-se pela escola de animação Gobelins, em Paris. Diretor de arte, ilustrador, animador, supervisor de produções de animação e professor de cinema para menores, é um dos criadores do estúdio de grafismo e animação Citronvache. Ilustrou inúmeros livros infantis e juvenis e ganhou o prêmio FNLIJ duas vezes – com *Alecrim*, de Rosa Amanda Strausz, e *Procura-se lobo*, de Ana Maria Machado.